AF358073

# AQUARELLES

ET

## DESSINS

PAR

# HERVIER

IMPRIMERIE J. CLAYE
RUE SAINT-BENOIT 7
LABOR
PARIS

# CATALOGUE

# D'AQUARELLES

ET

## DESSINS

PAR

# HERVIER

*Dont la Vente publique aura lieu*

HOTEL DROUOT, SALLE N° 5

## Le Samedi 26 Février 1876

A DEUX HEURES ET DEMIE

---

## M<sup>e</sup> BOUSSATON

COMMISSAIRE-PRISEUR, 39, RUE DE LA VICTOIRE

ASSISTÉ DE M. GANDOUIN, EXPERT

15, rue des Martyrs

---

## EXPOSITION PUBLIQUE

LE VENDREDI 20 FÉVRIER 1876, DE 1 HEURE A 5 HEURES

—

1876

# CONDITIONS DE LA VENTE

Elle sera faite au comptant.

Les adjudicataires payeront *cinq pour cent* en sus des enchères, applicables aux frais.

# LE PAYSAGISTE HERVIER

L'original et excellent paysagiste Hervier, est un des premiers qui se soit montré jaloux de soustraire à la vente à l'amiable son travail et sa fantaisie, et qui ait tenté la vente en public à l'hôtel Drouot.

Il y a juste vingt ans (février 1856), M. Hervier recevait de la plume de Théophile Gautier, son brevet d'artiste de race et de bon combattant. Gautier écrivait, à propos d'une vente analogue à celle-ci : «... M. Hervier a un sentiment profond de la nature... Il sait le moment favorable, la minute mystérieuse, l'angle rare, le rayon particulier, et c'est alors qu'il peint. Sa manière, très-travaillée sous une apparence quelquefois heurtée, est pleine de ressources pour rendre le grain des murailles, les rugosités des roches, l'effritement des terrains, la déchiqueture des feuillages, le floconneux des nuées, le miroitement des eaux, la

fuite des horizons. Les rapports de tons, le sappositions d'ombres
et de clairs, sont d'une finesse extrême, et montrent non-seule-
ment un instinct, mais une science profonde de la couleur... »
Puis, avec ce sentiment de la mesure qui rend sa critique si sympa-
thique, il le place entre deux maîtres dont la gloire ne faisait
alors que poindre, entre Théodore Rousseau et Troyon, « dans
la petite galerie d'un amateur. »

Il s'agit cette fois, non plus de peintures à l'huile, mais
d'aquarelles, de dessins à la plume, de traits recouverts par le
lavis ou la gouache. Il y en a cent vingt-deux, tous variés
d'effet, d'impression première ou de rendu.

M. Hervier ne les a point faits spécialement en vue de
cette vente; — ainsi qu'il en arrive un peu trop fréquemment
aujourd'hui. Il n'a eu qu'à trier dans ses cartons, les meilleures
des feuilles sur lesquelles depuis trente années (on rencontrera
une *Vue de Douvres*, datée *1844*), s'est promenée sa plume de
corbeau ou son pinceau gonflé d'aquarelle : les études largement
ébauchées qu'on se réserve ; les souvenirs que le goût a allégés
des détails trop nets ; les variantes sur un thème pittoresque ;
les croquis rapides mais mordants ; les fantaisies qui hantent la
tête aux heures où l'on se possède tout entier.

La notice du catalogue nous dispense de l'énumération.
D'ailleurs la manière et le choix de composition de M. Hervier

sont connus. En vain, depuis 1838, les divers pelotons d'exécu-
tion, qui se sont succédés sous le titre officiel de « jurys », se sont
transmis le mot d'ordre et ont refusé *vingt-trois fois* cet artiste.
Son œuvre est classée. Ses moulins s'enlevant en blond sur des
nuées claires, ses vues de villages picards dont les chaumines
cahotent, cette prairie vert-pâle que traverse une vieille en jupon
rouge, maigre, tannée, ployant sous un faix d'herbe, ses âtres
normands bistrés par la fumée où des femmes en bonnet de coton
fouettent des nourrissons morveux, ses buissons étiques poussés
sur des terrains glaiseux, tout cet œuvre qui appartient au ro-
mantisme de la première levée, a été jugé, recueilli par les
amateurs dont le goût a toujours fini par faire loi.

Cette série de cent vingt aquarelles et dessins s'adresse donc
au public qui recherche les impressions loyales et qui n'en redoute
pas l'expression hardie. Bien des feuilles nous ont frappé, paysages,
études ou impressions. Mais nous étions déjà depuis longtemps
acquis à ces efforts qui sont la saveur de l'Art contemporain. Nous
ne signalerons que, comme étant les deux termes extrêmes, des
*Intérieurs d'église,* dans une gamme grise étonnamment fine et
solide, et des *Paysages du Midi,* où l'accord des verdures et de
l'outremer n'a été obtenu qu'en poussant le ton jusqu'aux vibra-
tions de la majolique.

En somme, tout témoigne ici d'un touchant respect de ce
qui constitue l'œuvre que l'artiste ose soumettre au public : la

sincérité, le caractère, l'application dans le rendu, quel que soit
le moyen choisi. La vie a souvent été dure pour M. Hervier.
Nous souhaitons bien sincèrement que cette vente lui conquière
l'attention et la sympathie dont est digne sa façon, toute fantai-
siste et toute sérieuse à la fois, de sentir, de comprendre et de
rendre la Nature.

PH. BURTY.

**Février 1876.**

# DÉSIGNATION

1. — Soleil couchant, effet d'Automne.

2. — Clairière dans la Forêt; Cerisier.

3. — Barques à marée basse.

4. — Rouen des hauteurs de Maromme.

5. — Chaumières au nid de Chien.

6. — Forêt de Fontainebleau; effet d'Orage.

7. — Pâturage en Normandie.

8. — Brouillard sur les bords l'Aveyron.

9. — Soleil levant près Nantes.

10. — Clairière sur le Loing.

11. — La Rentrée au port de Granville.

12. — Moutons par la pluie.

13. — Cathédrale de Rouen.

14. — Saint-Valery; Soleil levant.

15. — Hameau en Sologne.

16. — Effet d'Automne; Forêt de Fontainebleau.

17. — Salle de la Salamandre; Fontainebleau.

18. — Arbres morts; Coupe sombre; Cerisier.

19. — École de village.

20. — Intérieur à Villeneuve-la-Gui.

21. — Chaumières à Corgosoin.

22. — Hameau à Porrentruy après un incendie.

23. — Jeune Fille au puits.

24. — Une Barque de pêche sur la Manche.

25. — Église d'Abbeville.

26. — Femmes des environs de Rouen.

27. — Vue du Havre.

28. — Bords de la Seine; Auvers.

29. — Entrée de village du Blaize-le-Bas.

30. — Barrage à Intonville.

31. — Hameau à Pierreville.

32. — Mendiantes de Canne.

33. — Route; Romilly avec son clocher.

34. — Plaines de Trouville.

35. — Église de Hablincourt.

36. — Entrée de village de Champagne.

37. — Retour de pêche; Honfleur.

38. — Rouen vu de Sottville.

39. — Femmes des environs de Coutances.

40. — Cour d'Angers.

41. — Boucheries de Liorant.

42. — Intérieur de ferme; Gray.

43. — Cimetière des Capucins à Quillebeuf.

44. — Marchande de poissons.

45. — Effet d'orage dans le Soullé.

46. — La ville de Cherbourg.

47. — Forêt de Saint-Germain-en-Laye.

48. — Effet du matin, bords de la Seine.

49. — Esquisette de jeune Fille des environs de Valence.

50. — Forêt de Compiègne; effet du Soleil levant.

51. — Barque à marée basse.

52. — Atelier de peintre en 1870.

53. — La tombée du Jour.

54. — Etude d'arbres au printemps.

55. — Chêne et Saule à Morant.

56. — Forêt de Fontainebleau ; Hiver.

57. — Environs de Martotte.

58. — Soleil couchant.

59. — Cour d'Église ; Abbeville.

60. — Le Val, près Saint-Germain.

61. — Abside de la Cathédrale de Troyes.

62. — Les bords d'un Ruisseau.

63. — Une Barricade ; 1848 ; 24 Juin.

64. — Étude d'après nature.

65. — Chênes de la forêt de Marly.

66. — Route de Quarante, sous Pommiers.

67. — Arbres de la forêt de Compiègne.

68. — Chasseurs à Barbizon.

69. — Petite Fille épluchant un canard.

70. — Une Patrouille d'insurgés.

71. — Chenal au bas Bréau.

72. — Entrée d'Auberge à Montigny.

73. — Cour de Ferme à Beauvais.

96. — Maison de la rue Mouffetard.

97. — Têtes de Femmes, de Rouen.

98. — Un Coup de vent dans la forêt de Fontainebleau.

99. — Cloître des Révérends, à Villeneuve ; Rhône.

100. — Nature morte.

101. — Un Confessionnal.

102. — Clos de Jean Cugnot, à Vendôme.

103. — Homard et Poissons.

104. — Huit Macédoines à la plume.

105. — Marché à la viande, de Paris.

106. — Petit village près d'Anvers.

107. — Village Sachy, près Vendôme.

108. — Arbres ; chaumières, Montargis.

109. — Automne.

110. — Chênes de Bon-Secours.

111. — Bords de la Dive.

112. — Chênes de la route de Nemours.

113. — Chaumière normande.

114. — Chênes de la mare de Chailly.

115 à 122. — Sujets divers.

PARIS. — J. CLAYE, IMPRIMEUR, 7, RUE SAINT-BENOIT. — [273]